Christian Bieniek lebt als freier Schriftsteller in Düsseldorf und schreibt Geschichten für Kinder und Erwachsene. Weitere Informationen zum Autor können unter bieniekmail@aol.com angefordert werden.
In der Fischer Schatzinsel sind von ihm bereits ›Hilfe! Ich hab ein Pferd!‹ (Bd. 80333), ›Oberschnüffler Oswald‹ (Bd. 80338), ›Oberschnüffler Oswald und die Tütenbande‹ (Bd. 80363), ›Oberschnüffler Oswald jagt den Weihnachtsmann‹ (Bd. 80360), ›Oberschnüffler Oswald und das gestohlene Herz‹ (Bd. 80469), ›Kerstin im Koffer‹ (Bd. 80435), sowie die Jugendbücher ›Lacki Sisters – und ob!‹ (Bd. 80434), ›Knutschen erlaubt‹ (Bd. 80500), ›Ciao Amore!‹ (Bd. 80501), ›15, Jungfrau, Schlampe‹ (gebunden) und ›Switch!‹ (gebunden) erschienen.

Marlene Jablonski wurde 1978 in Danzig geboren und begann nach dem Abitur als freie Schriftstellerin zu arbeiten.

Vanessa Walder wurde 1978 in Heidelberg geboren und arbeitete nach dem Abitur bei einer österreichischen Jugendzeitschrift. Seit 2001 lebt sie als freie Schriftstellerin in Wien.

Von dem Autorenteam ist in der Fischer Schatzinsel auch der zweite Band der Serie ›Das Insel-Internat. Jungs und andere fremde Wesen‹ (Bd. 80524) erschienen. Weitere Bände sind in Vorbereitung.

Stephan Baumann ist seit Jahren erfolgreich als freier Illustrator tätig, wobei seine besondere Vorliebe dem Kinder- und Jugendbuch gilt. Er lebt und arbeitet in München.

Unsere Adresse im Internet: www.fischerschatzinsel.de

Christian Bieniek / Marlene Jablonski / Vanessa Walder

DAS INSEL-INTERNAT
Fünf Mädchen legen los

Mit Bildern von Stephan Baumann

Fischer Taschenbuch Verlag

Fischer Schatzinsel
Herausgegeben von Eva Kutter

Veröffentlicht im Fischer Taschenbuch Verlag
einem Unternehmen der S. Fischer Verlag GmbH,
Frankfurt am Main, März 2005

Lizenzausgabe mit freundlicher Genehmigung
des Egmont Franz Schneider Verlags, München
© 2001 by Egmont Franz Schneider Verlag GmbH,
München
Satz: Pinkuin Satz und Datentechnik, Berlin
Druck und Bindung: Clausen & Bosse, Leck
Printed in Germany
ISBN 3-596-80523-4

Nach den Regeln der neuen Rechtschreibung

Fünf Mädchen legen los

1. Kapitel

Liebe Miriam!
Ja, ich weiß: Du wartest schon ewig auf einen neuen Brief von mir. Tut mir Leid, aber ich hatte wirklich keine Zeit. In den letzten Wochen haben wir jede Menge Arbeiten geschrieben, und dafür musste ich schrecklich viel büffeln.
Außerdem bin ich umgezogen. Seit zwei Wochen wohne ich nicht mehr im Haupthaus, wo die meisten anderen Schülerinnen untergebracht sind. Clarissa und ich teilen uns jetzt ein Zimmer im Turm. Leider ist der längst nicht so riesig wie der Leuchtturm am anderen Ende der Insel, sondern nur zwei Stockwerke hoch. Eigentlich ist es mehr ein Türmchen.
Unser Zimmer ist ganz oben. Darunter wohnen Helene und Vivian, zwei supernette Mäd-

chen aus meiner Klasse. Unten im Erdgeschoss befinden sich die Wohnung von Herrn Nordhus, unserem Hausmeister, und das Zimmer von Mareike, dem kleinsten Mädchen im ganzen Internat.

Stell dir vor: Mareike möchte gern Jockey werden und deshalb nicht mehr wachsen! Ihr Vater ist Kapitän auf einem Kreuzfahrtschiff und auf allen sieben Meeren unterwegs. Ihre Mutter ist schon lange tot. Mareike kann furchtbar witzig sein, wenn sie will. Aber an manchen Tagen scheint sie ihre Zunge verschluckt zu haben. Dann redet sie genauso viel wie Herr Nordhus, also gar nicht.

Unserem schweigsamen Hausmeister ist ein Hund zugelaufen. Mitten in der Nacht, als er bei Vollmond durch die Dünen spazierte. Wir haben den kleinen Kläffer Stupsi genannt, weil er so ein süßes Näschen hat. Obwohl er fast so winzig ist wie eine Ratte, kann kein Hund auf ganz Blinkeroog solche gigantischen Haufen kacken. Irgendetwas stimmt nicht mit ihm. Wahrscheinlich ist sein Magen so groß wie der eines Bernhardiners. Zu gern würde ich Stupsi

mal untersuchen. Aber der Angsthase beginnt sofort zu knurren, sobald ich das Stethoskop aus meinem Arztkoffer hole.
Blöderweise dürfen im Internat keine Haustiere gehalten werden. Frau Hövel, die bessere (und vor allem stimmgewaltigere) Hälfte unseres Direktors, ist angeblich allergisch gegen Tierhaare. Aber Herr Nordhus will den Hund trotzdem behalten. Bisher ist ihm Frau Hövel noch nicht auf die Spur gekommen. Damit das so bleibt, helfen wir fünf Mädchen unserem Hausmeister dabei, Stupsi vor Frau Hövels neugierigen Augen zu verbergen. – Huch!

Eben sind ein paar Möwen am Fenster vorbeigeflogen und haben mich mit ihrem Gekreische erschreckt. Nun segeln sie weiter zum Strand hinunter. Du wirst es nicht glauben, aber eine Hand voll Möwen kann mehr Krach machen als unsere ganze Klasse.
Die Aussicht von hier oben ist sagenhaft! Wir können fast ganz Blinkeroog überblicken. Und natürlich das Meer ringsum.
Heute ist strahlend blauer Himmel. Ganz weit in der Ferne zieht ein Dampfer vorbei. Am Strand sind kaum Leute unterwegs, weil gerade mal wieder ein heftiger Sturm über die Insel fegt. Wenn ich ein Sandkorn wäre, würde mich der Wind gnadenlos durch die Luft schleudern. Dann hätte ich jetzt deutliche Symptome von Schwindelgefühl, Übelkeit und Erbrechen. Behandeln würde ich das mit kalten Umschlägen, heißem Tee und einer großen Kotztüte.
Ob ich in den Osterferien nach Hause komme, ist noch nicht raus. Wie du weißt, haben meine Eltern ja sowieso nie Zeit für mich. Also kann ich auch hier bleiben. Ich kapiere wirk-

lich nicht, warum meine Eltern so wahnsinnig viel arbeiten. Müssen sich denn alle herzkranken Menschen auf der Welt von meinem Vater operieren lassen? Und gibt es keine anderen Augenärztinnen in Düsseldorf als meine Mutter?
Eins schwöre ich dir: Wenn ich später Ärztin bin, hängt mindestens sechs Monate im Jahr ein Schild mit drei Wörtern an meiner Tür: WEGEN URLAUB GESCHLOSSEN!
Diesen Brief schließe ich jetzt auch, und zwar wegen der Matheaufgaben. Die sind so höllisch schwer! Dauernd bitte ich meinen Opa um Hilfe – vergeblich. Beim Umzug ist ihm übrigens nichts passiert. Kein einziger Knochen ist zu Bruch oder verloren gegangen.

Liebe Grüße von der stürmischen Nordsee an den ruhigen Rhein!

Deine Freundin
Edith

2. Kapitel

Edith faltete den Brief zusammen, steckte ihn in den Umschlag und klebte ihn zu.
»An wen hast du denn geschrieben?«, fragte Clarissa gähnend.
»Warum bist du denn schon wach?«, fragte Edith zurück und schaute verwundert zu Clarissas Bett hinüber. »Dein Schönheitsschlaf muss doch immer mindestens eine Stunde dauern, damit er wirkt. Jedenfalls hast du das gestern noch behauptet.«
Clarissa zog eine Schnute und stand auf. »Ich bin schön genug«, brummte sie, wobei sie sich mit beiden Händen durch die blonden Locken fuhr. »Verrat mir lieber, was bei den Matheaufgaben herauskommt.«
»Rechne doch selbst!«, erwiderte Edith und schrieb Miriams Adresse auf den Umschlag.

Seltsam, dass sie und ihre beste Freundin kaum noch Briefe wechselten! Vor sieben Monaten, als Edith ins Insel-Internat gekommen war, hatte sie Miriam fast täglich geschrieben. Und dabei hatte Edith jedes Mal ein paar Tränen vergossen. Mit der Zeit wurden die Briefe immer seltener, und die Tränen versiegten vollständig. Geweint hatte Edith zuletzt, als sie sich vor den Weihnachtsferien von ihren neuen Freundinnen im Internat verabschiedet hatte, um nach Hause zu fahren.

In diesem Moment klingelte Clarissas Handy. Sie öffnete schnell ihren Kleiderschrank, kramte das silberne Teil hervor, hielt es ans Ohr und meldete sich mit ihrem Namen.

Clarissas düstere Miene verriet Edith sofort, wer am Apparat war: entweder ihre Mutter oder ihr Vater. Nein, Clarissa war nie besonders nett zu ihren Eltern. Die beiden waren geschieden und führten einen regelrechten Kampf um ihre einzige Tochter.

»Wohin?«, fragte Clarissa gelangweilt. »Nach Ägypten? Da war ich doch schon mal, Mutti. Die Pyramiden fand ich ja so was von öde!

Und beim Kamelreiten bin ich dauernd aus dem Sattel gefallen. Hast du keinen besseren Vorschlag? Vati möchte auch die Osterferien mit mir verbringen. Vielleicht fliegen wir beide nächste Woche nach New York.« Clarissa zwinkerte ihrer Zimmernachbarin zu.
Die zeigte ihr einen Vogel. Edith fand es ekelhaft, wie Clarissa ihre Eltern gegeneinander ausspielte. Okay, die beiden waren stinkreich und konnten ihrer Tochter jeden Wunsch erfüllen. Aber musste Clarissa das unbedingt so gnadenlos ausnutzen? Eigentlich liebte sie doch alle beide, das wusste Edith ganz genau. Clarissa redete nämlich nachts im Schlaf, und da sprach sie ganz anders von ihren Eltern als tagsüber.
»Na gut, dann lass dir mal was Tolles einfallen, Mutti!«, sagte Clarissa. »Ich bin echt gespannt. Tschüs!«
Weil Handys im Internat genauso verboten waren wie Haustiere, versteckte Clarissa das Gerät wieder im Kleiderschrank.
»Ägypten!«, schnaubte sie verächtlich. »Was soll ich denn da schon wieder?«

Edith schüttelte den Kopf. »Weißt du, was du bist? Eine richtige Erpresserin! Stimmt's, Opa?«
Sie wandte sich ihm zu und schaute ihn mit großen Augen an, aber der Opa blieb stumm. Wie immer. Skelette sind nie sehr gesprächig.
»Wann hörst du endlich auf mit dem Blödsinn?«, knurrte Clarissa. »Wenn dieses Skelett da wirklich dein Opa ist, bin ich ein Hamster.«
»Die richtigen Backen dafür hast du ja schon!«, zwitscherte Edith fröhlich und stand

auf. »Lass dir doch von Herrn Nordhus ein Laufrad basteln.«

Während Clarissa einen Taschenspiegel vom Regal nahm und sorgfältig ihr Gesicht darin begutachtete, schnappte sich Edith den Brief. Dann schlüpfte sie in den violetten Mantel, der über ihrem Stuhl hing, und verließ das Zimmer.

»Ich hab keine Hamsterbacken!«, rief Clarissa empört hinter ihr her. »Du solltest dir mal eine neue Brille zulegen!«

Kichernd stieg Edith die schmale Wendeltreppe hinunter. Weil sie nicht allein zum Briefkasten gehen wollte, öffnete sie schwungvoll die Tür zu Helenes und Vivians Zimmer und rief: »Na, wer kommt mit ins Dorf?«

Keine Antwort.

Edith betrat das Zimmer und schaute sich um. Nanu, Helene saß ja gar nicht vor ihrem Computer! Normalerweise verschwand sie jeden Nachmittag aus dem Internat ins Internet. Dort wanderte sie von einem Chatroom in den anderen und schrieb zwischendurch tonnenweise E-Mails – die meisten an ihre Eltern.

Von Vivian war zwar ebenfalls nichts zu sehen, doch Edith machte die deutliche Wölbung unter Vivians Bettdecke gleich stutzig. Kurz entschlossen marschierte sie zum Bett und schlug die Decke zurück.

Da lag Vivian, völlig unbeweglich und die starren Augen ganz weit aufgerissen. Sehr lange konnte sie noch nicht tot sein, denn dafür war sie nicht blass genug.

»Wann ist die Beerdigung?«, fragte Edith ungerührt. »Vorher muss ich dir unbedingt noch das Herz und die Nieren herausnehmen. Du hast doch nichts dagegen, oder? Na schön, dann fang ich mal an mit dem Aufschneiden!«

Sie piekste ihren rechten Zeigefinger in Vivians Bauch. Die stieß einen spitzen Schrei aus und lachte.

»Das kitzelt!«, beschwerte sie sich. »Und? Hab ich wirklich wie 'ne Leiche ausgesehen?«

»Nein, kein bisschen«, antwortete Edith. »Da war deine Mutter letztens viel besser, als sie auf dieser wilden Party ohnmächtig wurde und in die Arme von dem Schönling mit der blonden Schmalzlocke sank.«

»Aha!«, grummelte Vivian. Ohne Edith eines Blickes zu würdigen, rutschte sie vom Bett, ging zum Fenster und schaute hinaus.

»Tut mir Leid!«, sagte Edith schnell. »Das sollte nicht heißen, dass du eine miese Schauspielerin bist.«

Vivian sagte kein Wort dazu. Sie hasste es, wenn ihre Eltern gelobt wurden! Ihre Mutter spielte eine Hauptrolle in einer Seifenoper, die jeden Tag über den Bildschirm flimmerte. Ihr Vater war Sänger in der Heavy-Metal-Band *Hellraiser*. Sogar Frau Lamprecht, ihre Klassenlehrerin, hatte eine CD von dieser Band.

Edith hatte sich diese CD mal angehört, war jedoch aus medizinischen Gründen alles andere als begeistert davon gewesen. Das grauenvolle Geschrei von Vivians Vater konnte zu ernsthaften Gehörschäden führen. Für seinen Kehlkopf war dieses Gebrüll sicher auch nicht sehr gesund. Ob Edith beim nächsten Besuch von Vivians Vater womöglich mal einen gründlichen Blick in seinen Hals werfen sollte?

»Guck dir diese Spinner an!«, rief Vivian plötzlich und zeigte hinunter zum Strand. »Bei so einem schrecklichen Wind spielen diese Idioten Fußball!«

Edith warf einen Blick aus dem Fenster. Tatsächlich: Julian und Ole rannten hinter einem Ball her, der vom Sturm im Zickzack über den Sand getrieben wurde.

»Wie kann man nur so unglaublich dämlich sein?«, stöhnte Vivian. »Den Ball sehen die bestimmt nie wieder. Es sei denn ...« Ein Lächeln huschte über ihr Gesicht.

»Es sei denn, was?«, bohrte Edith nach.

»Es sei denn, wir helfen ihnen dabei. Los, komm mit!«

3. Kapitel

Auf dem Weg zum Strand mussten sie mächtig gegen den Wind ankämpfen. Darum kamen sie nur ganz langsam voran. Ediths Gesicht wurde regelrecht ausgepeitscht – von ihren eigenen Haaren! Vivian war schlauer gewesen und hatte sich ihre schwarze Mähne unter eine rote Mütze gestopft.

»Was machst du eigentlich in den Osterferien?«, brüllte Edith, weil Vivian sonst kein Wort verstanden hätte.

»Ferien!«, brüllte Vivian zurück.

»Bei deinem Vater oder bei deiner Mutter?«

»Bei mir selbst. Die beiden müssen arbeiten. Mein Vater ist mit seiner Band auf Tour, und meine Mutter dreht jeden Tag eine neue Folge für ihre Fernsehserie. Ich könnte zu meiner Tante Julia, aber die himmelt mich immer an,

als wäre ich der große Star in der Familie. Unglaublich, wie sie mich verwöhnt! Darum bleibe ich wohl lieber hier im Internat. Und du?«
»Ich auch«, antwortete Edith.
»Wieso?«
»Weil ich gesund bin. Wenn ich was am Herzen hätte oder womöglich an den Augen, würden sich meine Eltern viel mehr um mich kümmern, wetten? Irgendwann schuften die sich noch zu Tode. Aber wahrscheinlich haben sie nicht mal Zeit für ihre eigene Beerdigung. Ist doch eigentlich ein Jammer, dass wir beide keine stinknormalen Eltern haben, oder?«
»Was sind stinknormale Eltern?«, fragte Vivian zurück.
»Eltern ohne Geld und mit Zeit. Eltern mit gewöhnlichen Berufen. Faule Eltern, die nicht von früh bis spät an ihre Arbeit denken, sondern auch mal Zeit für ihre Kinder haben.«
»Hm.« Vivian dachte nach. »Gibt's solche Eltern überhaupt?«
»Na klar!«, behauptete Edith.
»Wo denn?«

»In Werbespots für Margarine und Lebensversicherungen.«
Lachend wollte Vivian ihren spitzen Ellenbogen in Ediths Hüfte stoßen. Doch genau in diesem Augenblick tauchte Mareike zwischen ihnen auf. Sie war einen Kopf kleiner als Edith und dünner als das Skelett in deren Zimmer.
»Wo wollt ihr denn hin?«, fragte sie.
»Zum Briefkasten«, antwortete Edith. »Ich hab mich mal wieder hingesetzt und meiner Freundin Miriam geschrieben.«
Mareike runzelte die Stirn. »Gibst du den Brief

als Flaschenpost auf? Hier geht's zum Strand entlang, falls ihr das noch nicht gemerkt habt. Die Post ist doch da drüben gegenüber der Kirche.«
»Ach nee, du Schlaubergerin!«, brummte Vivian. »Wir machen nur einen kleinen Abstecher ans Wasser. Vielleicht finden wir ja ein paar schöne Muscheln.«
»Oder ein paar schöne Jungs«, meinte Mareike mit spitzbübischem Grinsen. »Der süße Julian und der saure Ole spielen gerade Nachlaufen mit ihrem Ball. Seht mal, da sind sie ja!«
Soeben waren die drei Mädchen um die letzte Düne gebogen und hatten jetzt freien Blick auf den weiten Strand und das Meer. In etwa fünfzig Metern Entfernung flitzten die beiden Freunde hinter ihrer Lederkugel her, Julian voran. Der arme Ole schien am Ende seiner Kräfte zu sein. Er war knallrot im Gesicht und hatte offenbar kein bisschen Puste mehr.
Edith stellte sich vor, wie er gleich entkräftet in den Sand fallen und dort regungslos

liegen bleiben würde. Dann müsste sie erste Hilfe leisten. O Gott – nur mit einer Mund-zu-Mund-Beatmung würde sie Ole retten können! Dabei musste sie ihre Lippen auf seine pressen. Diese Vorstellung fand Edith so furchtbar, dass sie beinahe selbst zusammengeklappt wäre.

»Mensch, sind das lahme Enten!«, seufzte Mareike mitleidig. »Der Ball landet gleich im Wasser und schaukelt dann auf den Wellen bis nach Madagaskar. Tja, keine Frage: Die beiden brauchen dringend meine Hilfe.«

Und schon rannte sie los, leichtfüßig wie eine Gazelle und fast genauso schnell. Erst überholte sie Ole und dann Julian, und schließlich warf sie sich auf den Ball.

»So eine blöde Angeberin!«, regte sich Vivian auf und marschierte los. »Warum verzieht sie sich nicht in ihren stinkenden Pferdestall zu ihrem dämlichen Pony und lässt uns in Ruhe?«

Edith musste lachen. Die meisten Mädchen in der Klasse waren eifersüchtig aufeinander, wenn es um Julian ging. Edith konnte beim

besten Willen nicht begreifen, was sie alle am Sohn des Inselbäckers so toll fanden.
Ja, zugegeben: Julian war nicht gerade hässlich. Er hatte halblange blonde Haare, blaue Augen, einen Kussmund und war ziemlich groß für seine zwölf Jahre. Dass er von früh bis spät grinste, fand Edith aus medizinischer Sicht sehr bemerkenswert. Litt der Knabe denn nie unter Muskelkrämpfen im Gesicht? Auf jeden Fall hatte Julian keine Probleme mit Hirnkrämpfen, weil er dieses Organ nur selten zu beanspruchen schien. Fast alles, was er von sich gab, kam Edith reichlich dumm vor.
Sein Freund Ole dagegen ließ oft seltsame Sachen hören, wenn er mal den Mund aufmachte. Aber das geschah eigentlich nur beim Naschen. Auch äußerlich hatten die beiden Jungs wenig gemeinsam. Ole war mehr breit als lang, hatte rote Strubbelhaare und jede Menge Sommersprossen.
Während Edith noch so vor sich hin dachte, waren sie bei Julian, Ole und Mareike angekommen.
»Danke!«, sagte der Blondschopf, als ihm

Mareike den Ball überreichte. »Aber wir hätten ihn natürlich auch ohne dich gekriegt. Stimmt's, Ole?«
Der hatte im Moment weder Luft noch Lust zu reden. Völlig ausgepumpt stand er da, die Hände in die Hüften gestützt, zusammengekrümmt wie ein Fragezeichen, und keuchte vor sich hin.
»Alles in Ordnung?«, erkundigte sich Edith besorgt.
Auf diese Frage blieb Ole ebenfalls die Antwort schuldig. Vermutlich bekam er nichts von dem mit, was rings um ihn her passierte, so sehr musste er sich aufs Atmen konzentrieren.
Seinen Freund Julian kümmerte das nicht im Geringsten. Er grinste wie immer vor sich hin, obwohl es eigentlich keinen Grund dafür gab. Mareike hatte ihn nämlich gerade gefragt, wie man so bescheuert sein konnte, bei diesem Sturm Fußball am Strand zu spielen.
»Was sollen wir denn sonst machen?«, fragte Julian achselzuckend zurück. »Federball spielen?«

Vivian bekam einen solchen Lachkrampf, als hätte sie soeben den witzigsten Spruch aller Zeiten gehört. Mareike dagegen verdrehte die Augen. Sie war genau wie Edith der Meinung, dass Julian nicht besonders helle war. Trotzdem fand sie ihn irgendwie auch ganz toll, was Edith natürlich überhaupt nicht verstand.
»Und warum treibt ihr Mädels euch hier am Strand rum?«, wollte Julian wissen.
»Wir müssen Sandkörner zählen«, behauptete Mareike, wobei sie Edith und Vivian verstohlen zuzwinkerte. »Das ist unsere Matheaufgabe.«
Von einer Sekunde zur anderen verschwand Julians Lächeln. Er schaute sich nach allen Seiten um und rief verdattert aus: »Die ganzen Sandkörner auf unserer Insel? Wann wollt ihr denn damit fertig sein?«
»Wenn wir im Altenheim sind«, erwiderte Mareike. »Bis dahin ist ja noch jede Menge Zeit. Das schaffen wir bestimmt.«
»Hm.« Julian legte die Stirn in Falten. »Habt ihr denn später im Heim immer noch Matheunterricht?«

Jetzt fing Mareike an zu lachen, während Vivian ihr einen finsteren Blick zuwarf.
»Vergiss es. Die veräppelt dich doch nur!«, erklärte sie Julian, der daraufhin prompt wieder zu grinsen anfing. »Wir sind hier, weil wir zur Post wollen. Stimmt's, Edith?«
Edith nickte, holte den Brief an Miriam aus der Manteltasche und hielt ihn in die Luft. Plötzlich wurde er ihr aus der Hand gerissen, und zwar vom Wind.
»O nein!«, schrie sie verzweifelt.
Der Brief flatterte davon. Es war völlig sinnlos, ihn fangen zu wollen. Gnadenlos trieb ihn der Sturm in Richtung Nordsee.
Doch da geschah etwas höchst Erstaunliches: Ole rannte hinter dem Brief her! Ja, ausgerechnet Ole, der eben noch total erschöpft nach Luft gerungen hatte. Die drei Mädchen waren genauso verblüfft wie Julian.
»So ein Trottel!«, murmelte er kopfschüttelnd. »Der stolpert gleich über seine eigenen Beine!«
Ole fiel tatsächlich hin, aber nur, weil er sich auf den Brief werfen wollte, der wie ein Stein

vom Himmel gefallen war. Ehe Ole allerdings den Boden erreicht hatte, war der Brief vom Wind wieder ein Stück weitergeweht worden.

Julian, Mareike und Vivian kicherten um die Wette. Edith dagegen war ganz still und knetete nervös ihre Finger. Sie wünschte von ganzem Herzen, dass Ole den Brief fangen möge. Nicht wegen dem Brief, sondern wegen Ole. Und siehe da: Nur wenige Sekunden später ging Ediths Wunsch tatsächlich in Erfüllung. Ole begrub den Brief unter sich, packte ihn mit beiden Händen und brachte ihn in Zeitlupe und heftig keuchend zurück.

»Nicht übel«, lobte Julian herablassend. Dann schnappte er sich den Brief und gab ihn Edith.
»Danke«, sagte sie. Natürlich schaute sie dabei nicht Julian, sondern Ole an. Doch der stierte mit seinen grünen Augen in die Ferne und schnappte nach Luft. Hatte er sie überhaupt gehört?

»Los, spielen wir weiter!«, forderte Julian seinen Freund auf. »Stell dich da hinten hin, und ich schieße dir den Ball zu.«
Ole nickte. Dann setzte er sich in Bewegung, blieb jedoch nicht mehr stehen.
»Wo gehst du denn hin?«, rief Julian hinter ihm her. »So weit kann ich gar nicht schießen.«
Aber Ole marschierte stur weiter, ohne sich noch einmal umzudrehen.
»Danke«, wiederholte Edith ganz leise. »Du bist wirklich ein netter Junge …«

4. Kapitel

Am übernächsten Vormittag in der großen Pause hatte Edith Sprechstunde.
Als erste Patientin erschien Helene auf der Bildfläche. Mit trauriger Miene stand sie vor Edith und schaute ihr dabei zu, wie sie an ihrem Apfel herumknabberte. Hatte sie noch nie Zähne gesehen, die Obst zermalmten?
»Willst du mal beißen?«, fragte Edith und hielt ihr den Apfel vors Gesicht. »*An apple a day keeps the doctor away.*«
»Was heißt das?«
»Dass alle Ärzte arbeitslos werden, wenn jeder einmal am Tag einen Apfel futtert. Na, auch 'n Biss?«
Helene schüttelte den Kopf. Sie war das größte Mädchen der Klasse, aber gleichzeitig auch irgendwie das kleinste. Niemand im ganzen

Internat vermisste seine Eltern so sehr wie Helene. Sie schrieb ihnen jeden Tag seitenlange Mails, in denen sie darum bettelte, endlich wieder nach Hause zu dürfen. Alles Mögliche hatte sie schon angestellt, um von Direktor Hövel aus dem Insel-Internat verbannt zu werden. Doch der dachte gar nicht daran, ihr diesen Gefallen zu tun. Helene hasste Blinkeroog! Ohne Internet wäre sie sicher schon längst vor Langeweile gestorben. Jedenfalls behauptete sie das ständig.

»Nun verrat mir schon, was dir fehlt«, drängte Edith ungeduldig. »Ist wieder eine Erkältung im Anmarsch? Dann sollte ich mir erst mal deine Zunge anschauen.«

»Die ist okay«, sagte Helene. »Mir fehlt was anderes: meine Eltern. Hast du keine Medizin gegen Heimweh?«

Edith breitete hilflos die Arme aus. »Tut mir Leid, dagegen ist kein Kraut gewachsen.«

»Aber warum leidest du denn viel weniger unter Heimweh als ich?«, fragte Helene betrübt. »Denkst du denn nie an deine Eltern?«

»Doch«, gestand Edith. »Aber ich vermisse

sie deshalb nicht ganz so sehr, weil sie mich anscheinend auch nicht besonders vermissen. Wenn sie weniger arbeiten würden, hätten sie mich nicht ins Internat stecken müssen. Aber für sie bin ich wohl nicht so wichtig wie ihr Beruf. Manchmal hasse ich sie wie verrückt, wenn ich an sie denke. Ja, ehrlich! Und das hilft mir, die Monate ohne sie zu überstehen.«

»Aha.« Helene machte ein nachdenkliches Gesicht. Dann sagte sie noch einmal »Aha!« und schlenderte langsam davon.

Kaum hatte Edith wieder in ihren Apfel gebissen, näherte sich die nächste Patientin: Mareike. »Hör zu, Frau Doktor, ich brauch dringend deinen Rat!«, legte sie ohne Umschweife los.

»Heute Morgen habe ich eine ziemlich furchtbare Entdeckung gemacht: Ich bin um einen Zentimeter gewachsen und habe fast siebzig Gramm zugenommen! Was kann ich dagegen tun?«
»Dich einfrieren und in hundert Jahren wieder auftauen lassen«, antwortete Edith grinsend. »Aber danach wächst du leider weiter. Und dicker wirst du garantiert auch.«
»Verdammter Mist!«, jammerte Mareike. »Ich will doch Jockey werden! Dafür muss man klein und dünn sein. Kann ich denn nicht so bleiben, wie ich bin?«
»Nur mit einer ganz speziellen Diät.«
»Echt? Welche meinst du denn?«
»Die *Iss-keinen-einzigen-Bissen-mehr-und-werde-so-schlank-wie-mein-Skelett*-Diät.«

»Ja, die mache ich!«, verkündete Mareike entschlossen. »Ab sofort mampfe ich nichts mehr!«

»Schade«, sagte Edith und holte einen Schokoriegel aus der Manteltasche. »Den hier wollte ich dir gerade schenken. Na ja, dann wird sich eben Clarissa über den Riegel freuen.«

»Wird sie nicht!«, fauchte Mareike, schnappte sich den Riegel, riss das Papier auf und biss hinein. »Morgen fange ich dann mit meiner Diät an!«, sagte sie kauend. »Aber erst nach dem Frühstück.«

Sie nickte Edith fröhlich zu und verkrümelte sich dann zu Britta und Marion, den beiden anderen Pferdefans in der Klasse.

Eigentlich hatte Edith den Schokoriegel in der nächsten großen Pause essen wollen. Doch gegen Mareikes dumme Idee mit der Diät hatte sie unbedingt was tun müssen. Diäten fand Edith einfach furchtbar!

In der Vergangenheit hatte sie schon oft versucht, sich ein paar Kilos abzuhungern, war aber jedes Mal an ihrem Appetit gescheitert. Warum nur wollten viele Mädchen so schlank sein wie diese dürren Models, die auf ihren mageren Stelzen die Laufstege auf und ab stolzierten? Inzwischen war es Edith völlig egal, dass sie mehr wog als die anderen Mädchen in ihrer Klasse.

Ob sich Ole etwas daraus machte, dass er dicker war als sein Freund Julian? Seit der Sache mit dem Brief gestern hatte Edith öfter an Ole gedacht. Vor dem Einschlafen war sie sogar noch mal aus dem Bett geklettert, hatte einen Blick zum Leuchtturm geworfen, in dem Ole mit seinem Vater wohnte, und hatte geflüstert: »Schlaf gut!« Wenn Clarissa das gehört hätte, wären bestimmt ein paar Witze fällig gewesen.

Aber ihre Zimmernachbarin war zum Glück schon längst entschlummert.

»Träumst du mit offenen Augen?«, fragte Frau Lamprecht, die so überraschend vor Edith auftauchte, als wäre sie gerade aus dem Boden gewachsen.

Erst zuckte Edith erschrocken zusammen. Dann gestand sie, dass sie mit ihren Gedanken ganz woanders gewesen war.

Ihre Klassenlehrerin lächelte. »Das passiert mir auch öfter. Sogar im Unterricht. Aber das habt ihr Schülerinnen sicher schon längst bemerkt, oder?«

Edith nickte. Frau Lamprecht war nicht nur eine ausgesprochen nette, sondern auch eine höchst merkwürdige Lehrerin. Clarissa behauptete, Frau Lamprecht würde nicht nur im Lehrerhaus wohnen, sondern auch auf dem Mond. Sie war total zerstreut und hatte manchmal keinen Schimmer, was Sache war. Fast jede Frage musste man ihr zweimal stellen. Aber immer, wenn ein Mädchen ihre Hilfe brauchte, war auf Frau Lamprecht Verlass. Im Moment schien sie jedoch selbst Hilfe zu brauchen. Sie kaute verlegen auf ihrer Unterlippe herum und schaute abwechselnd hinauf zum blauen Himmel und hinunter auf ihre schwarzen Schuhe, die offenbar noch nie geputzt worden waren. In der Hand hielt sie einen großen Umschlag.

»Ihr linker Schnürsenkel ist offen«, sagte Edith, doch Frau Lamprecht hörte ihr gar nicht zu.

»Gehst du heute zufällig ins Dorf?«, fragte sie unvermittelt. »Ich hätte da eine kleine Bitte an dich. Hier!« Sie gab Edith den Umschlag.

»Kannst du das hier bei Herrn Friemel vorbeibringen? Ich wüsste gern, was er dazu sagt.«
»Zu dem Umschlag?«, fragte Edith.
Frau Lamprecht lachte. »Nein, zu der Zeichnung darin. Sonnenuntergang am Meer. Mit drei Segelbooten, zwei Möwen, einem Fliegenden Fisch und jeder Menge Wolken. Viel zu kitschig, fürchte ich. Ich kann gar nicht zeichnen, ehrlich gesagt.«
»Warum tun Sie es trotzdem?«
»Warum nicht?«, fragte Frau Lamprecht schelmisch zurück. Doch plötzlich machte sie ein ganz finsteres Gesicht, zeigte auf den Umschlag und knurrte: »Wirf dieses Gekritzel in den nächsten Mülleimer, verstanden?«
Und damit drehte sie Edith den Rücken zu und verschwand in Richtung Turnhalle.

5. Kapitel

Am Nachmittag machte sich Edith mit dem Umschlag unterm Arm auf den Weg zu Freddie Friemel, begleitet von Clarissa, Mareike und Stupsi.
Das Internat befand sich etwas abseits vom Dorf. Rund fünfzehn Minuten brauchten die Mädchen, um die ersten Häuser zu erreichen. Mit dem Bus konnten sie nicht fahren, weil es keinen gab. Die Insel Blinkeroog war autofrei. Fahrräder, Pferdekutschen und Beine waren die einzigen Transportmittel auf der Insel.
Als sie das Insel-Internat verlassen hatten, war der Himmel noch vollkommen blau gewesen. Inzwischen hatten ihn dunkle Wolken fast völlig verdüstert. Herr Nordhus hatte sie noch vor dem schlechten Wetter gewarnt.

Allerdings nicht mit Worten, sondern mit einem viel sagenden Blick nach oben.
Clarissa zeigte besorgt auf die Wolken. »Meint ihr, es wird regnen?«
Edith zuckte die Schultern. »Keine Ahnung.«
»Ich hasse das Wetter auf dieser verdammten Insel!«, schimpfte Clarissa. »Ist es nicht schon schlimm genug, dass wir von so viel Wasser umgeben sind? Aber nein: Außerdem muss es hier noch dauernd gießen! Und einen Schirm kann man nie aufspannen, weil ihn der Sturm sofort in tausend Fetzen zerreißt.«
»Wofür gibt's denn Öljacken?«, fragte Edith. »Die sind doch so praktisch!«
»Öljacken!«, schnaubte ihre Freundin. »Da könnte ich auch gleich in einem hässlichen Kartoffelsack herumlaufen. Warum soll ich mich vom Wetter dazu zwingen lassen, mich scheußlich anzuziehen?«
»Also mir ist es völlig egal, ob es regnet oder schneit«, erklärte Mareike, die zur Reithalle wollte, wo ihr eigenes Pferd untergebracht war. »Meine Nella möchte bei jedem Wetter geritten werden. Wenn wir durch die riesigen

Pfützen am Strand galoppieren, hat sie sogar ganz besonders viel Spaß.«
Edith grinste. »Hat Nella dir das ins Ohr gewiehert?«
»Tiere können sich genauso ausdrücken wie Menschen«, behauptete Mareike. »Dafür brauchen sie keine Worte. Guck dir Stupsi an. Weißt du, was der gerade fühlt?«
»Ja«, sagte Edith. »Dass er dringend aufs Klo muss. Aber weil hier keine Toilette in der Nähe ist, denkt er sich: Na, da pinkle ich eben an den Mülleimer da vorne!«
Genau in diesem Moment bog ein Fahrrad um die Ecke. Die drei Mädchen sahen sich erschrocken an. Wer da kerzengerade auf dem Sattel thronte, war niemand anderes als die Frau Direktor, wie sich Frau Hövel gerne

nennen ließ. Ihr Mann leitete das Internat, das ihm jedoch längst nicht so am Herzen lag wie seine Muschelsammlung.

»Hoffentlich sieht sie Stupsi nicht!«, raunte Edith ihren Freundinnen zu.

Doch den Adleraugen von Frau Hövel entging leider nichts. Sie trat sofort auf die Bremse, als sie Stupsi entdeckt hatte, und fuhr die Mädchen scharf an: »Was hat dieser Hund bei euch zu suchen? Raus mit der Sprache: Wem gehört er?«

»Welcher Hund?«, fragte Mareike ahnungslos und zwinkerte Edith und Clarissa dabei unauffällig zu. Die verstanden prompt: Stupsi war soeben unsichtbar geworden.

»Ich meine den Hund da am Mülleimer«, sagte Frau Hövel. »Na, was ist, Mädels? Habt ihr was an den Augen?«

»Wir nicht«, antwortete Edith. »Aber Sie vielleicht. Wann waren Sie zum letzten Mal beim Augenarzt?«

»Stell mir keine dummen Fragen!«, brummte Frau Hövel. »Das da ist ein Hund, und Hunde sind im Internat verboten. Versteckt ihr ihn etwa heimlich auf einem eurer Zimmer?«

Mareike winkte ab. »Ach, den brauchen wir gar nicht zu verstecken. Er ist doch unsichtbar!«

Frau Hövel machte ein Gesicht, als ob sie gleich vor Wut in ihren Lenker beißen wollte. Das wäre ihren Zähnen sicher nicht gut bekommen, dachte Edith. Doch zum Glück begnügte sich die Frau des Direktors schließlich damit, die Mädchen mit einem giftigen Blick zu durchbohren. Dann radelte sie weiter.

Drei Augenpaare schauten ihr erleichtert hinterher. Obwohl es sehr windig war, bewegte sich kein einziges Härchen auf Frau Hövels Kopf. Ihre Dauerwelle musste aus Beton sein. Jedenfalls sah sie so aus.

Mittlerweile hatte Stupsi ein größeres Geschäft erledigt, das bis zum Himmel stank. Angewidert verzog Clarissa das Gesicht.

»Igitt! Müssen wir den Haufen nicht wegräumen?«
»Welchen Haufen?«, fragte Mareike. »Ich seh keinen. Ihr etwa?«
Edith und Clarissa schüttelten grinsend die Köpfe.
Ein paar Meter weiter verabschiedete sich Mareike von ihren beiden Freundinnen.
»Bestellt Freddie bitte einen schönen Gruß von mir«, fügte sie hinzu. »Zu Weihnachten wollte er mir ein Gemälde von Nella schenken. Fragt ihn doch mal, wann er es endlich malen will.«
»Wahrscheinlich erinnert er sich nicht mal dran, dass er dir was schenken wollte«, sagte Edith. »Ihr kennt ihn doch, unseren Freddie.«
»Du hast Recht«, seufzte Mareike, nickte den beiden Freundinnen zu und verschwand in Richtung Reithalle.
Freddie Friemel gehörte nicht gerade zu den fleißigsten und zuverlässigsten Insulanern. Na ja, eigentlich war er gar kein richtiger Insulaner. Erst vor einem Jahr hatte es ihn aus

Berlin nach Blinkeroog verschlagen, wo er bei seiner alten Tante Betsy wohnte.

Sein Onkel war Fischer gewesen und hatte ihm ein Boot vererbt. Doch erstens hatte Freddie keine Ahnung vom Fischen. Und zweitens kam der Langschläfer immer erst dann aus dem Bett, wenn die anderen Fischer ihre Arbeit schon längst erledigt hatten. Er lebte davon, selbst gemalte Bilder und Zeichnungen an Touristen zu verkaufen. Dass die Mädchen vom Internat sich super mit ihm verstanden, war kein Wunder – die ganze Insel verstand sich super mit Freddie Friemel!

Das Haus seiner Tante war älter als die Kirche und hätte schon längst mal wieder angestrichen werden müssen. Freddie hatte das auch ernsthaft vor, konnte sich aber einfach nie dazu aufraffen, mit der Arbeit loszulegen. Erstaunlich, dass er es überhaupt schaffte, jeden Tag aus dem Bett zu kommen! Ehrlicherweise musste man jedoch auch zugeben, dass es Tage gab, an denen er selbst das nicht schaffte.

Und genauso ein Tag war heute, wie Edith und Clarissa kurz darauf von Freddies alter Tante erfuhren. In ihrer auf der ganzen Insel berühmten roten Blümchenschürze, die sie das ganze Jahr über trug, öffnete sie die Tür, begrüßte die Mädchen freundlich und meinte dann bedauernd: »Tut mir wirklich Leid, Kinder! Mein Neffe ist immer noch nicht aufgestanden.«

»Was?« Edith schaute verdattert auf die Kirchturmuhr. »Es ist doch schon halb vier! Da schläft doch kein Mensch mehr.«

»Freddie ist ja auch kein Mensch, sondern ein Faultier«, erwiderte seine Tante, die dem Alter nach auch seine Oma hätte sein können. »Soll ich ihm etwas von euch ausrichten? Oder wolltet ihr nur mal kurz Hallo sagen?«

Edith drückte ihr den Umschlag in die Hand.
»Da ist eine Zeichnung drin von Frau Lamprecht, unserer Klassenlehrerin. Sie möchte gern wissen, was Freddie davon hält.«
»Jetzt hält er erst mal sein Schläfchen«, erwiderte Tante Betsy. »Aber sollte ich es doch noch miterleben, dass sich mein Neffe aus den Federn erhebt, werde ich ihm den Umschlag überreichen.« Ihr Blick fiel auf Stupsi. »Ist das euer Hund?«
»Haustiere sind doch im Internat verboten«, erklärte Clarissa.
Tante Betsy nickte. »Aha, ich verstehe. Das ist also euer Hund, aber ihr dürft mir nichts davon verraten. Keine Angst, ich hab den kleinen Kläffer gar nicht gesehen.«
»Genau wie Frau Hövel vorhin«, sagte Edith lachend. »Auf Wiedersehen!«
»Macht's gut, ihr zwei!«, sagte Tante Betsy fröhlich. »Und passt auf, dass euch der Winzling nicht wegläuft.«
»Dafür hat er viel zu kurze Beine«, erwiderte Clarissa.

Da die schwarzen Wolken nach einem kräftigen Unwetter aussahen, beschlossen die beiden Mädchen, schnellstens ins Internat zurückzukehren. Die Dorfstraßen waren schon menschenleer. Alle schienen vor dem drohenden Gewitter geflohen zu sein.
Sogar Stupsi klemmte ängstlich das Schwänzchen zwischen die Beine, nachdem er den Kopf zum Himmel gehoben hatte.
Nur einer schien keine Angst vor dem zu haben, was sich über ihnen zusammenbraute: Ole. Er saß gemütlich auf einer Bank, futterte eine Banane und beobachtete, wie der Sturm die Wolken vor sich hertrieb.
»Hey, du alter Spinner!«, rief ihm Clarissa im Vorbeigehen zu. »Wenn du nicht sofort in deinen Leuchtturm flitzt, könnte es sein, dass du nachher dorthin schwimmen musst. Also setz dich besser schon mal in Bewegung.«
»Blödsinn!«, widersprach Ole. »Gleich ist der Himmel wieder blau. Vom Wetter verstehe ich genauso viel wie du vom Haarefönen!«
»So ein Spinner!«, flüsterte Clarissa Edith zu und wollte ihre Schritte beschleunigen.

Doch Edith hielt sie am Ärmel fest und meinte: »Warte mal eine Sekunde! Ich muss Ole unbedingt was sagen.«
Clarissa verzog das Gesicht. »Was denn? Dass er dämlich ist? Das weiß er bestimmt längst.«
Schweigend drehte Edith ihrer Freundin den Rücken zu und ging zu Ole. Sie wusste natürlich genau, dass Clarissa ihr aus lauter Neugier folgen würde.
Eigentlich wollte sich Edith nur noch mal richtig bei Ole bedanken für den Brief, den er für sie eingefangen hatte. Doch als sie vor ihm stand und er total schüchtern ihrem Blick auswich, wusste sie nicht so recht, wie sie anfangen sollte. War Schüchternheit etwa eine ansteckende Krankheit? Das musste sie unbedingt nachher im Medizinlexikon nachschlagen. Vielleicht gab es ja eine Medizin dagegen.
»Kennst du Stupsi?«, fragte sie Ole, weil ihr sonst nichts anderes einfiel.
»Klar«, sagte Ole mürrisch. »Ihr redet ja nur noch von eurem Schoßhündchen. Komisch, dass Julian noch nicht eifersüchtig auf ihn ist.«

»Warum sollte er?«, fragte Clarissa, die neben Edith aufgetaucht war.

Oles Antwort bestand aus einem finsteren Blick. Dann hob er wieder den Kopf zu den Wolken empor. Er machte ein fachmännisches Gesicht, so wie Herr Nordhus, wenn er eine Türklinke reparierte.

»Hast du eine Ahnung, wo Julian stecken könnte?«, erkundigte sich Clarissa. »Muss er heute seinen Eltern in der Bäckerei helfen?«

»Nein«, brummte Ole.

»Wo ist er denn dann? Vielleicht bei seinem Onkel am Hafen, um sich das neue Schiff anzusehen?«

»Nein!«

»Wollte er morgen nicht mit seinem Onkel nach Helgoland segeln?«

»Nein!«

Ole hatte entschieden keine Lust, über Julian zu reden, aber das kümmerte Clarissa wenig. Edith ärgerte sich darüber, dass ihre Freundin den armen Ole mit weiteren Fragen löcherte. Leider hatte sie keine Idee, wie sie Clarissa stoppen konnte. Darum ließ Edith sie quatschen und schaute ebenfalls hinauf zum Himmel.

Ole hatte sich tatsächlich nicht getäuscht: Zwischen den dunklen Wolken waren blaue Flecken erschienen, die immer größer wurden. Darüber freute sich auch Stupsi. Er kläffte und wedelte mit dem Schwanz. Edith nahm ihn auf den Arm. Während sie ihn streichelte, leckte er ihre Hand. Seine Zunge war erstaunlich lang für seinen winzigen Körper.

Inzwischen war Clarissa richtig sauer geworden. »Meine Güte!«, fauchte sie Ole an. »Jetzt verrat mir endlich, wo Julian steckt! Du weißt

doch sonst auch immer, wo er sich gerade rumtreibt. Warum stellst du dich denn jetzt so bescheuert an, du Blödmann?«
Da sprang Ole wütend auf, zischte »Blöde Kuh!« und stapfte eilig davon.
Clarissa riss die Augen auf. »Hast du das gehört? ›Blöde Kuh‹ hat mich dieser Trottel genannt! Seh ich etwa aus wie 'ne Kuh?«
»Noch nicht«, erwiderte Edith schmunzelnd. »Aber vielleicht wird das ja noch.«

6. Kapitel

Zwei Tage später wurde Edith nach dem Mittagessen ins Sekretariat gerufen. Ihre Mutter war am Telefon.
»Was hast du uns denn da für eine seltsame Mail geschickt, mein Schatz?«, wunderte sich die Mutter. »Du willst in den Osterferien nicht nach Hause kommen? Das ist doch wohl nicht dein Ernst, oder?«
»Was soll ich denn zu Hause? Ihr arbeitet sowieso den ganzen Tag.«
»Und abends?«
»Abends seid ihr todmüde und gähnt um die Wette. Und am Wochenende auch. Können wir nicht zusammen irgendwo hinfahren, Mutti? In die Berge oder in eine schöne, große Stadt?«
»Hm.« Ediths Mutter klang nicht sehr begeis-

tert. »Ich rede mal mit deinem Vater darüber, okay?«
»Okay.«
»Und wie geht's dir sonst?«
»Prima.«
Das stimmte nicht ganz. Edith hatte gelegentlich Bauchschmerzen, weil ihr jemand ziemlich schwer im Magen lag: Ole. Gestern war sie ihm wieder über den Weg gelaufen, unten am Strand. Er war zusammen mit Julian unterwegs gewesen und sie mit Mareike. Die hatte natürlich sofort mit Julian herumgealbert. Zu blöd, dass Edith kaum zu Wort gekommen war! Sie musste sich endlich bei Ole richtig für die Sache mit Miriams Brief bedanken, ehe er die Sache völlig vergessen hatte.
»Wie ist denn das Wetter auf Blinkeroog?«, erkundigte sich ihre Mutter.
Edith machte die Frage wütend. »Sag doch gleich, dass gerade der nächste Patient reingekommen ist, Mutti!«, knurrte sie. »Sobald du mit dem Wetter anfängst, weiß ich sofort, dass du keine Zeit mehr zum Telefonieren hast.«
Ihre Mutter lachte. »Du solltest später nicht

Medizin, sondern Psychologie studieren. Ciao, mein Schatz!«
»Tschüs, Mutti!«
Edith legte auf, verließ das Schulgebäude und trottete nachdenklich über den Schulhof. Warum konnte sie die Stimme ihrer Mutter nicht genauso oft hören wie andere Kinder, die bei ihren Eltern wohnten?
Sie fand es mal wieder richtig gemein, dass sie in ein Internat abgeschoben worden war. Klar, Blinkeroog war eine wunderschöne Insel. Klar, mit ihren Freundinnen im Turm kam sie super aus. Und trotzdem ... Manchmal brannte die Sehnsucht nach ihren Eltern wie ein Feuer in Ediths Brust.
Da kam ihr Mareike entgegen. Sie trug Reit-

stiefel und fuchtelte mit ihrer Gerte wie mit einem Schwert in der Luft herum.

Als sie Edith sah, ließ sie den Arm sinken und fragte: »Warum siehst du so geknickt aus? Ist dir 'ne Laus über die Leber gelaufen?«

»Hier gibt's keine Läuse«, entgegnete Edith. »Haustiere sind doch im Internat verboten. Was machst du eigentlich in den Ferien?«

»Na was wohl? Mein Vater ist auf See und meine Mutter unter der Erde. Außer Nella gibt's niemanden auf der ganzen weiten Welt, der sich für mich interessiert. Vielleicht sollte ich in den Ferienwochen in Nellas Stall ziehen. Auf dem Stroh kann ich sowieso besser schlafen als in meinem Bett.«

»Jetzt schwindelst du aber!«

»Nein, das stimmt!«, beharrte Mareike. »Stroh ist wirklich sehr bequem.«

»Das meine ich nicht«, sagte Edith. »Du hast gesagt, es gibt niemanden auf der Welt außer Nella, der sich für dich interessiert. Und das ist nicht wahr!«

»Hä?« Ihre Freundin runzelte die Stirn. »Wen gibt's denn da noch?«

Da drückte Edith der verdatterten Mareike einen dicken Schmatz auf die Backe und setzte ihren Weg fort. Als sie beim Turm ankam und nach der Türklinke griff, drehte sie sich um. Mareike stand immer noch dort, wie Edith sie verlassen hatte, und schaute ihr nach. Waren das tatsächlich Tränen in ihren Augen? Edith zwinkerte Mareike zu und schloss die Tür hinter sich.

Oben in ihrem Zimmer wurde sie schon sehnsüchtig von Clarissa erwartet, die dringend eine große Neuigkeit loswerden wollte.

»Stell dir vor, Edith: Meine Mutter will nicht mehr mit mir nach Ägypten, sondern nach Tokio! Weil es viel weiter von hier weg ist als New York. Was meinst du, was mein Vater dazu sagt?«

»Wahrscheinlich schlägt er dir vor, mit ihm zum Mond zu fliegen«, sagte Edith grimmig. »Das kann deine Mutter nämlich bestimmt nicht übertreffen.«

Sie schüttelte den Kopf. »Soll ich dir mal was sagen, Clarissa? An deiner Stelle könnten mir die beiden gestohlen bleiben!«

Clarissa machte ein verständnisloses Gesicht. »Wieso?«
»Denen geht's doch gar nicht um dich!«, ereiferte sich Edith. »Das ist bloß so 'ne Art Wettbewerb, den dein Vater und deine Mutter veranstalten. Kapierst du das nicht? Du bist der Hauptpreis, der Supergewinn, der deinen Eltern allerdings völlig schnuppe ist. Dein Vater will nur nicht, dass deine Mutter gewinnt. Und umgekehrt natürlich.«
»Hm.« Clarissa war blass geworden und knabberte an ihrem linken Daumennagel. »Wenn das tatsächlich stimmt, dann ... dann ...«
»Was dann?«

Clarissa atmete tief durch. Anscheinend hatte sie gerade einen Entschluss gefasst. Sie kam jedoch nicht dazu, ihn zu verkünden. Denn plötzlich wurde die Tür aufgerissen und Vivian und Helene stürmten ins Zimmer.
»Es ist was Schreckliches passiert!«, rief Vivian total aufgeregt. »Stupsi ist weg!«
»Wie weg?«, fragte Edith.
»Verschwunden«, sagte Helene. »Herr Nordhus hat es uns eben erzählt.«
»Was hat er sonst noch gesagt?«, erkundigte sich Clarissa. »Hat er 'ne Ahnung, was mit Stupsi passiert sein könnte?«
Helene und Vivian sahen sich traurig an und nickten.
»Was denn?«, drängte Edith.
Helene antwortete ganz leise: »Er glaubt, Stupsi ist tot.«

7. Kapitel

Seit fast vier Stunden waren Edith, Clarissa, Helene und Vivian nun schon auf der Suche nach dem Ausreißer. Zweimal hatten sie Blinkeroog umrundet und nach allem Ausschau gehalten, was klein und braun war, vier Pfoten und ein süßes Näschen hatte. Jede Menge Kaninchen waren ihnen über den Weg gelaufen, doch von Stupsi keine Spur.
Und nun streiften sie wieder durchs Dorf, schauten in jeden Vorgarten und gingen in alle Geschäfte. Zu dumm, dass sie niemandem verraten konnten, nach wem sie suchten! Der winzige Stupsi war ein Riesengeheimnis, das nur Herr Nordhus, die fünf Mädchen und Julian und Ole kannten. Außer ihnen durfte niemand von ihm wissen. Denn auf der kleinen Insel wurde so furchtbar getratscht, dass

Frau Hövel irgendwann garantiert zu Ohren gekommen wäre, wem ihr Hausmeister Unterschlupf gewährte.
Armer Herr Nordhus ...
Ganz traurig war er gewesen, als Edith und ihre drei Freundinnen vorhin in seiner Wohnung aufgetaucht waren, um ihn mit Fragen über Stupsis Verschwinden zu löchern. Mit der kalten Pfeife im Mund hockte er in seinem Korbsessel, stieß ab und zu einen tiefen Seufzer aus und kratzte sich immer wieder an seinem stachligen Kinn. Es fiel den Mädchen noch schwerer als sonst, ihm ein paar Worte zu entlocken.
Herr Nordhus war der schweigsamste Mensch,

den Edith je getroffen hatte. Zu gern hätte sie mal seine Zunge untersucht. Vielleicht wog sie ja zehnmal mehr als normale Zungen und war nur deshalb so schwer zu bewegen.

Die vier Mädchen erfuhren schließlich, dass Herr Nordhus mit Stupsi in den Dünen spazieren und der Hund plötzlich wie vom Erdboden verschluckt gewesen war.

»Tot«, murmelte der Hausmeister mit düsterer Miene und fuhr sich langsam mit der linken Hand über die Glatze. »Tot. Stupsi ist tot.«

»Wie kommen Sie darauf?«, wollte Edith wissen. »So schnell stirbt man nicht. Stupsi ist doch kerngesund. Warum sollte er denn tot sein?«

Da stieß Herr Nordhus wieder einen schweren Seufzer aus, richtete den Blick auf das Buddelschiff, das an der Wohnzimmerdecke baumelte, und versank endgültig in Schweigen.

Edith und ihre Freundinnen brachen auf und suchten die ganze Insel nach Stupsi ab – leider ohne Erfolg.

»Es hat keinen Zweck«, meinte Vivian, nach-

dem sie jeden Winkel beim Friseur durchstöbert hatten. »Das war der letzte Laden, in dem wir ihn noch nicht gesucht hatten. Den hätten wir uns eigentlich auch sparen können. Was soll denn Stupsi beim Friseur?«
»Sich das Fell färben lassen«, sagte Clarissa. »Grün hätte ihm bestimmt ganz gut gestanden. Oder vielleicht Lila. Dann hätte ich extra diese tolle Bluse angezogen, die mir meine Mutter aus Mailand ...«
»Pscht!«, machte Vivian plötzlich und erstarrte zu Stein. »Was war das für ein Geräusch? Das könnte von Stupsi gewesen sein!«
Die anderen Mädchen blieben ebenfalls stehen und lauschten. Sekunden später ertönte wieder dieses Geräusch. Edith erkannte es sofort: Es war ein Knurren.
»Ja, das klang nach Stupsi!«, jubelte sie. »Er muss hier irgendwo versteckt sein!«
»Und zwar in meinem Bauch«, sagte Helene mit einem gequälten Lächeln. »Was ihr eben gehört habt, war mein Magen. O Mann, hab ich vielleicht einen Hunger! Spendierst du uns ein Eis, Clarissa?«

Die zeigte ihr einen Vogel. »Glaubst du, ich hab zu viel Geld und würde nichts lieber tun, als es für meine Freundinnen auszugeben?«
»Ja, das glaube ich!«, sagte Helene. »Und die anderen glauben das auch, stimmt's?«
Vivian und Edith nickten.
Da grinste Clarissa und sagte: »Okay, gehen wir ins *Venezia*!«
Auf dem Weg zum Eiscafé kam ihnen Mareike entgegen.
»Wo wollt ihr hin?«, fragte sie ihre vier Freundinnen.

»Ein Eis essen«, antwortete Edith.
»Wirklich? Warum macht ihr denn so finstere Gesichter, als wärt ihr unterwegs zu einer Beerdigung?«, wunderte sich Mareike.
Eine Minute später schaute sie genauso betrübt drein wie ihre Freundinnen. Beinahe wären ihr sogar die Tränen gekommen, als sie von Stupsis Verschwinden erfuhr.
»Dabei wollte ich mich in den Osterferien jeden Tag von früh bis spät um ihn kümmern«, sagte sie traurig. »Ihr seid ja alle weg.«
»Ich vielleicht nicht«, sagte Vivian. »Meine Eltern haben mal wieder keine Zeit für mich. Und ob ich Zeit für meine Tante Julia habe, muss ich mir noch gut überlegen. Die will mich von morgens bis abends verwöhnen und mich dauernd mit irgendwelchen Leckerbissen voll stopfen.«
»Wie furchtbar!«, spottete Mareike. »Dein Leben ist echt grausam, Vivian! Reiche und berühmte Eltern und eine Tante, die dich liebt – wie hältst du das bloß aus?«
Kurz darauf saßen sie auf der Terrasse des Eiscafés, studierten die Karte und überlegten,

welche Becher sie bestellen sollten. Nachdem sich Edith für ein Spaghettieis entschieden hatte, ließ sie ihre Blicke über die anderen Gäste schweifen. An einem Tisch links vom Eingang entdeckte sie das blasse Gesicht und die schwarzen Haare von Freddie Friemel. Er hatte ein Buch in der linken und eine Zigarette in der rechten Hand. Tausendmal hatte ihm Edith schon erklärt, warum Rauchen so schrecklich ungesund war. Und tausendmal hatte ihr Freddie hoch und heilig versprochen, mit der Qualmerei aufzuhören. Wann würde er sein Versprechen endlich einlösen? Wenn er auf dem kleinen Inselfriedhof lag?
Die anderen Mädchen hatten Freddie inzwischen auch entdeckt. Doch weil er völlig in sein Buch versunken war, ließen sie ihn lieber in Ruhe. Freddie konnte richtig stinkig werden, wenn man ihn beim Lesen störte. Es gab nur eins, was er noch ekelhafter fand: Vor dem Mittagessen geweckt zu werden.
Während Edith und ihre vier Freundinnen auf die Eisbecher warteten, zerbrachen sie sich die Köpfe über Stupsi.

»Wo könnte er denn hin sein?«, fragte Helene in die Runde. »Er kann doch keine Flügel bekommen haben und aufs Festland geflogen sein!«

»Wahrscheinlich ist er hinter einem Kaninchen hergerannt und hat sich dabei verlaufen«, vermutete Vivian.

»Ist doch Quatsch!«, widersprach Mareike energisch. »Auf dieser kleinen Insel kann sich nicht mal ein Baby verlaufen. Außerdem hat Stupsi einen guten Riecher, der ihn wieder zurück nach Hause finden lässt.«

»Meinst du?«, fragte Edith.

»Na klar! Wer weiß, vielleicht sitzt er schon längst bei Herrn Nordhus in seinem Körbchen und knabbert an seinem Gummiknochen herum.«

»Und wenn nicht?«
Mareike zuckte mit den Schultern. »Jagen kann er nicht, und Muscheln frisst er nicht. Wenn ihn niemand findet, ist er also in spätestens einer Woche tot. Möglicherweise hat er sich auch ins Wattenmeer verirrt und ist dort ertrunken. Oder ein Fuchs hat ihn erlegt, weil er kein Abendbrot hatte. Kann auch sein, dass sich irgendein Raubvogel auf ihn gestürzt hat. Oder dass ihn ein kurzsichtiger Jäger mit einem Kaninchen verwechselt hat.«

»Hör auf!«, stöhnte Clarissa. »Warum willst du uns den Appetit aufs Eis verderben?«
»Damit ich auch eure Becher futtern kann«, erwiderte Mareike. »Schaut mal, da kommen sie ja schon!«

In den nächsten Minuten war Schweigen angesagt. Gedankenverloren löffelten die Mädchen ihr Eis. Dabei schaute Edith immer wieder zu Freddie Friemel hinüber. Vom medizinischen Standpunkt aus gesehen war das Buch in seiner Hand höchst empfehlenswert. Freddie war nämlich so darin vertieft, dass er das Rauchen völlig vergaß.

Edith dachte aber auch an Stupsi. Wo mochte sich der kleine Kläffer gerade herumtreiben? Und warum war Herr Nordhus überzeugt, der Hund sei tot? Wahrscheinlich hatte er es sich nur unter einem schattigen Strauch auf einer Düne bequem gemacht und döste vor sich hin. Schließlich war es heute ungewöhnlich warm. Auf den Dünen hatten die Mädchen nicht nach Stupsi suchen dürfen, weil deren Betreten verboten war. Und es gab jemanden, der alles sah, was auf Blinkeroog vor sich ging: Oles Vater. Wenn der eins der Mädchen vom Internat auf einer Düne entdeckte, meldete er das sofort bei Direktor Hövel.

Herrn Petersen, dem Leuchtturmwärter, entging wirklich nichts. Von dort oben lag die ganze Insel wie ein aufgeschlagenes Buch vor ihm. Edith konnte sich nicht an der Nasenspitze kratzen, ohne dass Herr Petersen es bemerkte. Vorausgesetzt natürlich, er befand sich tatsächlich gerade auf dem Leuchtturm. Sein zweiter Beruf als Wattführer sorgte nämlich dafür, dass Ole oft allein zu Hause herumsaß. Seltsam, dass keins der Mädchen jemals auf die Idee gekommen war, ihn dort oben zu besuchen. Musste die Aussicht vom Leuchtturm nicht atemberaubend schön sein?

Kaum waren die Eisbecher verputzt, drehte sich das Gespräch wieder um Stupsi. Alle waren ratlos, was sie jetzt tun sollten. Etwa die Polizei benachrichtigen? Die bestand auf Blinkeroog einzig und allein aus Herrn Immel und seinem rosa Fahrrad. Der behauptete zwar, dass alle Ganoven dieser Welt schreckliche Angst vor ihm hätten. Aber es gab bestimmt noch andere Gründe, warum sich noch nie ein Verbrecher auf die Insel verirrt hatte.
»Oder glaubt ihr etwa, Stupsi ist entführt worden?«, fragte Vivian in die Runde.

»Von wem denn?«, fragte Edith zurück. »Und wozu? Um ein Lösegeld von Herrn Nordhus zu erpressen? Außer seinen drei Buddelschiffen besitzt er doch nichts Wertvolles.«

Mareike machte ein verkniffenes Gesicht, worauf Clarissa sie fragte: »Ist dir vielleicht was eingefallen?«
»Allerdings!«, sagte Mareike. »Dass ich mal ganz dringend aufs Klo muss.«
Sie stand auf und verschwand. Edith beobachtete, dass Mareike Freddie Friemel zuwinkte, als sie an ihm vorbeiging. Doch Freddie reagierte überhaupt nicht darauf. Das Buch schien fesselnder zu sein als drei Paar Handschellen.

»Ach du Schande!«, murmelte Vivian in diesem Moment. »Frau Direktor!«
Die anderen Mädchen drehten die Köpfe in die Richtung, in die Vivian schaute. Frau Hövel saß so steif auf ihrem Fahrrad, als hätte sie zum Frühstück eine Schaufel verschluckt. Gemächlich trat sie in die Pedale und ließ ihre neugierigen Augen nach links und rechts schweifen. Als sie die vier Internatsschülerinnen entdeckt hatte, machte sie ein argwöhnisches Gesicht.
»Na, habt ihr euren Hund wieder dabei?«, rief sie ihnen im Vorbeifahren zu.
»Er macht gerade Männchen mitten auf dem Tisch!«, schrie Edith. »Können Sie ihn denn schon wieder nicht sehen?«
Frau Hövels Antwort bestand aus einem grimmigen Lächeln.
»Ob sie etwa den armen Stupsi um die Ecke gebracht hat?«, rätselte Helene. »Eigentlich traue ich ihr das nicht zu. Sie ist zwar nicht besonders nett zu uns, aber was richtig Fieses würde sie bestimmt niemals tun, oder?«
Ehe jemand etwas dazu sagen konnte, er-

schien eine aufgeregte Mareike auf der Bildfläche.

»Stellt euch vor: Drinnen im Café sitzt Frau Lamprecht!«, verkündete sie grinsend. »Ganz allein!«

»Na und?«, fragte Clarissa. »Wo soll sie denn sonst sitzen? Auf dem Schornstein?«

»Nein, am Tisch von Freddie Friemel, ihrer großen Liebe!«, antwortete Mareike. »Ihr wisst doch ganz genau, dass sie in ihn verknallt ist. Sobald er in der Nähe ist, benimmt sie sich total daneben.«

»Also wie immer«, sagte Edith.

»Nein, noch viel schlimmer!«, behauptete Mareike. »Als er am letzten Dienstag in der Pause über den Schulhof gegangen ist, weil er unserem Direktor eine riesige Muschel zeigen wollte, ist sie knallrot geworden und wollte sich hinter mir verstecken.«

»Ausgerechnet hinter dir?«, wiederholte Helene erstaunt. »Dem kleinsten Mädchen im ganzen Internat?«

»Das beweist doch, wie durcheinander sie war!« Mareikes Augen blitzten vor Taten-

drang. »Los, überlegt mal, wie wir die beiden an einen Tisch kriegen könnten.«
Prompt stand Vivian auf und sagte: »Kein Problem.« Zu Edith gewandt fügte sie hinzu: »Und sag mir dann bitte nachher, ob ich wirklich schlechter schauspielern kann als meine Mutter, okay?«
»Okay!«, sagte Edith.
Vivian marschierte entschlossen auf Freddie zu, verfolgt von den neugierigen Blicken ihrer Freundinnen. Einen Meter vor Freddies Tisch stieß Vivian einen Schmerzensschrei aus und ging zu Boden.
»Mein Fuß!«, brüllte sie so laut, dass ihre Stimme bis nach Helgoland zu hören war. »Ich bin umgeknickt! Hilfe! Frau Laaaaamprecht! Hilfe!«
Die anderen Gäste, fast alles Touristen, glotzten entsetzt zu Vivian hinüber. Der schlaksige Freddie war längst aufgesprungen und kniete neben ihr. Da kam auch Frau Lamprecht aus dem Café geeilt. Zusammen mit Freddie half sie Vivian auf die Beine und brachte das humpelnde Mädchen zurück zu ihrem Stuhl.

»Hoffentlich ist der Fuß nicht gebrochen«, meinte Freddie. »Soll ich meine Schubkarre holen und dich zum Internat bringen? Ist zwar nicht sehr bequem, dieses Taxi, dafür aber umsonst.«
»Nein danke«, ächzte Vivian. »Ich bin nur leicht umgeknickt. Den Weg schaffe ich schon allein.«
»Aha«, sagte Frau Lamprecht, die nervös mit allen zehn Fingern an ihrer Bluse herumzupfte und krampfhaft jeden Blick in Richtung Freddie vermied.
Sie verschwindet garantiert gleich wieder im Café, dachte Edith. Das muss ich unbedingt verhindern.
»Hast du dir schon die Zeichnung von Frau Lamprecht angesehen?«, fragte sie daher schnell. Sie duzte Freddie, weil ihn jeder auf der Insel duzte – jeder außer Frau Lamprecht. »Hat dir der Sonnenuntergang gefallen?«
»Ja«, antwortete Freddie und lächelte dabei Frau Lamprecht an. »Aber das Meer hätte ich nicht ganz so aufgewühlt gemalt. Das sah ja aus wie bei einem Orkan!«

»Wie hätten Sie es denn gemalt?«, wollte die Lehrerin wissen.
»Das kann ich Ihnen zeigen, falls Sie zufällig ein Blatt Papier und einen Stift dabei haben.«
»Beides liegt auf meinem Tisch da drinnen. Ich sitze direkt am Fenster.«
Ohne ein weiteres Wort ging Freddie hinein, ließ sich an Frau Lamprechts Tisch nieder, nahm den Stift und zeichnete drauflos.
»Im Grunde ist er doch ein bisschen chaotisch, oder?«, fragte Frau Lamprecht ihre Schülerinnen.
»Stimmt!«, sagte Mareike. »Aber nett ist er trotzdem.«
»Das ist Geschmackssache!«, entgegnete Frau Lamprecht in frostigem Ton, zwinkerte dann aber den fünf Mädchen freundlich zu, ehe sie an ihren Tisch zurückkehrte.
Kaum war sie weg, klopfte Edith Vivian auf die Schulter. »Du warst einfach super! Es sah ganz so aus, als wärst du *wirklich* mit dem Fuß umgeknickt.«
»Bin ich auch!«, gestand Vivian jammernd.
»Der Schrei war absolut echt. Und das sind

die Schmerzen leider auch. Wie soll ich denn die Osterferien überstehen, wenn der Fuß gebrochen ist und ich einen blöden Gips mit mir rumschleppen muss?«

»Ganz einfach«, sagte Mareike. »Dann lässt du dich einfach zwei Wochen lang von Freddie in der Schubkarre über die Insel kutschieren.«

8. Kapitel

Auch in den nächsten zwei Tagen blieb Stupsi verschwunden, obwohl die Mädchen mehrmals ganz Blinkeroog nach ihm abgesucht hatten. Die Hoffnung, ihn doch noch zu finden, wurde immer geringer. Gestern war Mareike auf ihrer Stute Nella um die Insel geritten. Zurückgekommen war sie ohne Stupsi, aber dafür vollkommen heiser, weil sie so oft seinen Namen gerufen hatte.

Jetzt hockten Edith und Helene auf dem ausgefransten Sofa von Herrn Nordhus, das bei der kleinsten Bewegung ächzende Laute von sich gab. Der Hausmeister hatte auf seinem alten Korbsessel Platz genommen, der dabei bedenklich gewackelt hatte.

Edith fragte sich, ob der Sessel ein Haltbarkeitsdatum hatte. Und wenn ja, vor wie vielen Jahren dieses Datum wohl abgelaufen war.
»Tut uns furchtbar Leid, Herr Nordhus!«, sagte sie und breitete hilflos die Arme aus. »Wir haben Stupsi nicht gefunden, obwohl wir wirklich jeden Winkel nach ihm durchstöbert haben.«
»Hm«, machte der Hausmeister. Und das war schon mehr als alles, was er in den Tagen zuvor von sich gegeben hatte. Seit Stupsis Verschwinden war der schweigsame Herr Nordhus völlig verstummt.
Doch Edith wollte ihn unbedingt zum Reden bringen. Wieso hatte Herr Nordhus vor ein paar Tagen angenommen, dass Stupsi tot war? Edith wollte der Sache auf den Grund gehen.
»Er lebt noch, da bin ich ganz sicher«, fing sie an, worauf der Hausmeister bedächtig seinen Glatzkopf schüttelte. »Doch, er lebt«, beharrte Edith. »Warum sollte er gestorben sein?«
Erst tat Herr Nordhus so, als hätte er die Frage gar nicht gehört. Gemächlich stopfte er

seine Lieblingspfeife, zündete sie an, paffte ein paar Züge und starrte nachdenklich den Rauchwolken hinterher.

Doch auf einmal passierte etwas höchst Erstaunliches: Der Hausmeister redete! Und zwar nicht nur drei oder vier Wörter, sondern einen ganzen Satz. Und dann noch einen. Und noch einen. Die zwei Mädchen auf dem Sofa kamen aus dem Staunen nicht heraus. Sogar das Sofa selbst verriet seine Überraschung, indem es ein paar Geräusche von sich gab, obwohl sich die Mädchen kein bisschen bewegten.

»Er ist tot«, sagte Herr Nordhus mit seiner tiefen Stimme, die aus einem Grab zu kommen schien. »Ins Meer gesprungen, um nach Hause zu schwimmen. Vor Heimweh. Ertrunken, der arme Kerl! Erbärmlich ertrunken!«

Er zog an der Pfeife. Und sprach dann weiter. »Wie kam der kleine Hund denn auf die Insel? Er muss von einem Schiff gefallen und dann ans Ufer geschwommen sein. Und jetzt wollte er unbedingt zurück nach Hause. Ist zum Strand gelaufen und weiter ins Meer hinein

und dann geschwommen und geschwommen, bis ihn die Kräfte verließen. Fischfutter, das ist aus ihm geworden. Fischfutter. Fischfutter. Fischfutter.«
Edith bekam eine Gänsehaut. Voller Entsetzen stellte sie sich den toten Stupsi auf dem Meeresgrund vor, mit weit aufgerissenen Augen und beknabbert von einem fetten Aal. Igitt! Sie schüttelte sich. Dann warf sie Helene einen Hilfe suchenden Blick zu. Die war käsebleich geworden und fummelte nervös an ihren Ohrläppchen herum. Auf einmal erhob sie sich ruckartig und verschwand aus der Wohnung. Das Sofa ließ ein schauriges Quiet-

schen hören, das auch von einer todkranken Katze hätte stammen können.

Nun war Edith ganz allein mit Herrn Nordhus, der aber anscheinend völlig vergessen hatte, dass noch jemand im Zimmer war. Geistesabwesend stierte er das Buddelschiff an, das auf dem Fernseher stand. Es war ein Fischkutter namens *Störtebeker*.

Minutenlang war es mucksmäuschenstill in der Wohnung, abgesehen vom Rauschen der Wellen und ein paar Möwenschreien. Sogar das Sofa hielt die Klappe.

Edith überlegte, wie sie Herrn Nordhus davon überzeugen sollte, dass sein Gequatsche vom toten Stupsi kompletter Blödsinn war. Kein Hund auf der Welt war so dämlich, einfach aufs offene Meer hinauszuschwimmen – außer Oles Freund Julian vielleicht. Aber der war kein Hund, obwohl er einen Dackelblick hatte.

»Das ist doch kompletter Blödsinn, Herr Nordhus!«, sagte Edith schließlich und erhob sich vom Sofa. »Stupsi lebt, wetten? Ich hab das einfach im Gefühl.«

Der Hausmeister schien nicht nur verstummt, sondern auch ertaubt zu sein. Regungslos starrte er auf das Buddelschiff und gab durch keine Reaktion zu erkennen, dass er Ediths Worte verstanden hatte.

Das störte sie jedoch nicht. Sie redete weiter und ging dabei im Zimmer auf und ab, die Hände in die Hüften gestemmt. Das machte ihre Mutter auch immer so, wenn sie einem verstockten Patienten etwas Wichtiges erklären musste, was der gar nicht hören wollte. Doch Herr Nordhus hörte Edith anscheinend tatsächlich nicht. Was sie ihm sagen wollte, hätte Edith auch genauso gut dem Skelett in ihrem Zimmer erzählen können.

Okay, dann eben nicht!

Sie unterbrach ihren Redeschwall, drehte Herrn Nordhus seufzend den Rücken zu, sah aus dem offenen Fenster – und riss erschrocken die Augen auf. Denn wer stand dort unten regungslos am Strand, mit den Füßen im Wasser, und schaute hinaus ins Meer?

Helene!

Ein schrecklicher Gedanke schoss Edith durch

den Kopf. Im Nu stürmte sie hinaus und flitzte in einem Affenzahn Richtung Strand.
»Halt, bleib stehen!«, schrie sie außer Atem, als sie Helene in ein paar hundert Metern Entfernung am Wasser stehen sah. »Tu's nicht! Bleib stehen!«
Die Wellen waren viel zu laut, als dass Helene auch nur das Geringste von Ediths Gebrüll hätte verstehen können. Und je näher Edith kam, desto weniger Puste hatte sie für ihre Stimme.
Erschrocken zuckte Helene zusammen, als Edith sich mit beiden Händen auf ihre Schultern stürzte.

»Hey, bist du verrückt?«, fauchte sie Edith an. »Du hättest mich beinahe ins Wasser gestoßen!«
»Da wolltest du doch sowieso rein, stimmt's vielleicht nicht?«
»Bei der Kälte? Spinnst du?«
Edith machte ein verdattertes Gesicht. »Wolltest du denn nicht nach Hause schwimmen? Ich dachte, deshalb wärst du eben von Herrn Nordhus abgehauen. Als du hörtest, dass Stupsi aus lauter Heimweh ins Wasser gesprungen ist, hast du bestimmt auch überlegt, ob du …«
Weiter kam sie nicht, weil Helene von einem schrecklichen Lachkrampf geschüttelt wurde. Nachdem sie sich wieder etwas beruhigt hatte, erklärte sie Edith: »Ich bin eben nur abgehauen, weil ich dieses Gerede vom Fischfutter so gruselig fand. Glaubst du im Ernst, wegen meinen Eltern gehe ich weiter als bis zu den Gummistiefeln in dieses eisige Wasser? Für die würde ich nicht mal zum Hafen gehen, wenn sie gleich dort ankommen würden.«
»Wieso nicht?«

»Du selbst hast mir doch am Mittwoch geraten, dass man seine Eltern ein bisschen hassen soll, damit das Heimweh nicht so riesig wird«, sagte Helene. »Seitdem hab ich mich nicht mehr bei ihnen gemeldet, obwohl ich ihnen vorher mindestens zehn E-Mails am Tag geschrieben habe.«
»Gute Idee. Und wie haben deine Eltern darauf reagiert?«
Ihre Freundin zog eine Schnute. »Wie immer: gar nicht. Die haben ja keine Zeit zum Schreiben. Dafür rufen sie mich einmal pro Woche an, und zwar am Sonntag. Aber morgen werde ich leider total heiser sein und kein einziges Wort rauskriegen. Und wenn die beiden mich in den Osterferien sehen wollen, dann müssen sie sich alte Fotos von mir angucken, jawohl!«
Richtig stinkig war Helene geworden, und das gefiel Edith. Früher hatte Helene immer tief betrübt aus der Wäsche geguckt, wenn sie über ihre Eltern redete. Oft hatte sie sogar Tränen in den Augen gehabt. Das hatte sie jetzt zwar auch, aber es waren Tränen der Wut.

»Na, was macht ihr denn hier?«, rief eine Jungenstimme hinter ihnen. »Ohne Badeanzüge wollt ihr doch sicher nicht schwimmen gehen, oder?«

Dieser Geistesblitz konnte von niemand anderem als Julian stammen. Er grinste mal wieder breit, als sich Edith und Helene nach ihm umdrehten.

Neben ihm stand Ole und schaute hinauf in die grauen Wolken. Natürlich fiel Edith sofort ein, dass sie sich immer noch nicht richtig bei ihm bedankt hatte wegen der Sache mit dem

Brief. Ob sich Ole überhaupt noch daran erinnern konnte? In den letzten Tagen hatte Edith kaum noch an ihn gedacht, weil die Sache mit Stupsi einfach wichtiger gewesen war.
Helene und Julian alberten inzwischen herum, während Ole völlig unbeteiligt mit seinen Kapuzenkordeln spielte. Das heißt, eigentlich scherzte Julian gar nicht, sondern tischte irgendwelche langweiligen Sachen auf, die Helene seltsamerweise komisch fand. Soeben erzählte er von zwei Brötchen, die er gestern verkauft hatte. Angeblich hatten sie sich wie Zwillinge geähnelt.
»Das eine sah haargenau so aus wie das andere«, behauptete er. »Eigentlich hätten wir sie behalten sollen. Aber mein Vater …«
»Stupsi ist weg!«, unterbrach ihn Edith. »Habt ihr ihn zufällig gesehen?«
»Diesen Winzling?« Julian kicherte. »Ohne ein gutes Fernglas ist der doch gar nicht zu erkennen. Hab ich Recht, Ole?«
»Hä?«
Sein Freund hatte gar nicht zugehört. Edith wandte sich an Ole und sagte: »Stupsi ist spur-

los verschwunden. Unser Hausmeister dreht bald durch, wenn er nicht wieder auftaucht. Wir waren eben bei ihm. Der arme Kerl ist völlig durch den Wind und so verzweifelt, dass er nur noch Unsinn redet.«
»Herr Nordhus redet?«, staunte Julian. »Hm, das ist wirklich ein schlechtes Zeichen. Meinst du nicht auch, Ole?«
Der schaute wieder hinauf zum Himmel. Plötzlich drehte er sich um und stapfte in Richtung Leuchtturm davon.
»Hey, wo gehst du hin?«, schrie ihm Julian hinterher. »Wir wollten doch zur Reithalle!«
Aber Ole marschierte weiter, ohne sich nach seinem Freund umzudrehen.
»Manchmal glaube ich, er ist nicht ganz dicht«, murmelte Julian kopfschüttelnd. »Haut einfach ab, ohne ein Wort zu sagen! Das ist doch nicht normal, oder?«
»Bist du etwa normal, du Schwatzbacke?«, fauchte ihn Edith an. »Geh nach Hause zu deinen Brötchen und bring ihnen dein dämliches Grinsen bei!« Sie wandte ihm und Helene den Rücken zu und eilte davon.

»Nanu, was ist denn auf einmal in Edith gefahren?«, hörte sie Julian fragen.
Wetten, dass Helene darauf nicht antworten konnte? Schließlich war sich Edith selbst nicht ganz klar darüber, was mit ihr los war. Sie wusste nur, dass es mit Ole zu tun hatte und damit, dass sie ihn mochte, sich aber nicht getraute, es ihm zu sagen. Und dass in ein paar Tagen die Ferien losgehen würden und sie ihn zwei Wochen lang nicht sehen würde.
Verdammter Mist: Sie machte sich Gedanken über einen Jungen! So was war ihr noch nie passiert. Ob es eine Medizin dagegen gab?
Das würde sie gleich im Lexikon nachschlagen.

9. Kapitel

Drei Wolken spielten Nachlaufen am Himmel, als sich Edith am nächsten Morgen nach dem Frühstück auf den Weg zum Leuchtturm machte. Der befand sich am Westende der Insel, etwa zwanzig Gehminuten von den letzten Häusern entfernt.

Clarissa und Helene hatten sie begleiten wollen, aber Edith musste endlich mal allein mit Ole sein. Eigentlich wollte sie nur Danke sagen, weil er dem Brief an Miriam hinterhergelaufen war, obwohl ihm dafür die Puste gefehlt hatte.

Außerdem hatte Edith die Absicht, vom Leuchtturm aus die Insel nach Stupsi abzusuchen. Bestimmt hatte Ole das gestern auch vorgehabt, als er so schnell nach Hause verduftet war. Kaum hatte er vom verschwundenen Stupsi gehört, war er auch schon nach Hause aufgebrochen. Ob er vielleicht schon eine Spur von Stupsi entdeckt hatte?

Als Edith an ihrem Ziel angekommen war, suchte sie vergeblich nach einer Klingel. Klopfen oder Rufen war sinnlos, weil es außer den Möwen niemand gehört hätte. Kurz entschlossen griff sie nach der Klinke und drückte die schwere Tür auf.
Zum Glück war die Wendeltreppe beleuchtet, sonst hätte sich Edith bestimmt nicht auf die Stufen getraut. Die waren so uneben, dass man bei jeder einzelnen genau hinschauen musste,

wenn man sie betrat. Davon wurde ihr schnell schwindlig.

Meine Güte, war das eine endlose Treppe! Edith kam es so vor, als führte sie in den Himmel. Aber Oles Vater war ja nur Leuchtturmwärter und nicht der liebe Gott.

Am Ende der Treppe stand sie wieder vor einer Tür. Nachdem sie ein paar Mal tief durchgeatmet hatte, klopfte sie an. Ein neugieriger Ole machte auf – und starrte sie so verblüfft an, als sei sie der Klabautermann persönlich.

»Hallo!«, sagte Edith lächelnd. »Ich wollte mir schon immer mal angucken, wie du hier eigentlich wohnst.«

Ole wollte auch was sagen. Aber obwohl er den Mund noch weiter aufriss als die Augen, kam kein einziger Ton heraus. Und warum war er so blass geworden, während seine Ohren so rot anliefen wie der Feuerlöscher, der neben der Tür hing?

»Zeig mir mal deine Zunge«, forderte ihn Edith auf und bedauerte, dass sie ihren Arztkoffer nicht mitgenommen hatte. »Vielleicht

ist bei dir eine Erkältung im Anmarsch. Oder hast du eine Allergie?«
»Ja – gegen Mädchen«, brummte er.
»Immerhin kannst du noch reden«, stellte sie erleichtert fest. »Darf ich reinkommen?«
Erst schüttelte Ole den Kopf. Doch dann nickte er und ließ Edith in die Wohnung. Sie bestand aus drei kleinen Zimmern mit winzigen Fenstern und einer Küche. Außerdem gab es eine schmale Wendeltreppe, die noch weiter nach oben führte.
»Dort arbeitet mein Vater«, erklärte Ole. »Wenn er da ist. Im Moment ist er mit Touristen im Watt unterwegs.«
»Und deine Mutter?«
»Komm, gehen wir rauf!«, sagte Ole, ohne Ediths Frage zu beantworten. »Von dort haben wir den besten Blick!«
Das stimmte. Es gab nur einen einzigen großen Raum, der ringsum verglast war. Jetzt hörte Ole gar nicht mehr auf zu quatschen. Zunächst zählte er alle Inseln auf, die man von hier oben sehen konnte. Sogar zwei Ölbohrinseln ganz weit draußen waren zu er-

kennen. Dann zeigte er hinüber zum Festland und nannte die Namen sämtlicher Orte, deren Kirchturmspitzen den blauen Himmel kitzelten.

Edith hörte gar nicht richtig zu, sondern wunderte sich nur darüber, dass Ole plötzlich so gesprächig war. Wenn sie ihn mit Julian zusammen traf, kriegte er kaum die Zähne auseinander.

»Ist die Aussicht nicht super?«, schwärmte er. »Wieso schaust du dich nicht richtig um? Deshalb bist du doch hier, oder?«

Edith nickte. »Das stimmt. Aber ich wollte dich auch besuchen, um dir was zu sagen.«

Da wurde Ole wieder still und benutzte seine Unterlippe als Kaugummi. Er sah einer Möwe hinterher, die um den Leuchtturm flatterte.

Edith wäre auch gern weggeflogen, so unwohl fühlte sie sich auf einmal in diesem seltsamen Raum, der über der Erde zu schweben schien. Was war so schwer daran, das auszusprechen, was sie sich vorgenommen hatte? Schließlich würde Ole nicht gleich in Ohnmacht fallen. Oder – was noch schlimmer wäre – um Ediths

Hals. Also holte sie ganz tief Luft und sagte: »Danke. Für den Brief. Du weißt schon. Den mir der Sturm aus der Hand gerissen hat.«
»Bitte.« Ole flüsterte fast.
»Und – äh – ich mag dich«, hauchte Edith noch eine Spur leiser. »Ich meine, ich kann dich echt gut leiden. Mehr als Julian.«
Anscheinend hatte Ole sie nicht verstanden. Er drehte ihr nämlich den Rücken zu und schaute hinunter auf Blinkeroog. Hatte er etwas Wichtiges entdeckt?
»Sag bloß, da rennt Stupsi gerade am Strand entlang!«, rief Edith schnell, weil sie unbedingt das Thema wechseln wollte. Was sie da eben von sich gegeben hatte, kam ihr inzwischen schrecklich peinlich vor.
»Stupsi?«, wiederholte Ole, als wüsste er nicht, von wem die Rede war.
»Bist du denn gestern nicht so schnell verschwunden, weil du von hier oben nach ihm Ausschau halten wolltest?«
»Spinnst du? Warum sollte ich mich um euren Köter kümmern? Der ist mir doch völlig egal!«

»Meinst du das im Ernst?«, fragte Edith entgeistert.
»Darauf kannst du Gift nehmen!«
Edith war so wütend, dass es ihr die Sprache verschlug. Schließlich zischte sie mit Tränen in den Augen: »Du gemeiner Blödmann!«
Dann rauschte sie ab. Für den Weg nach unten brauchte sie keine halbe Minute, so schnell eilte sie die Stufen hinab. Erst draußen zwischen den Dünen verlangsamte sie ihre Schritte.
Unglaublich, was für ein Fiesling dieser Ole war! Nie hätte sie gedacht, dass er so etwas Übles über den kleinen Stupsi sagen würde. Dieser Mistkerl war für sie gestorben!
»Edith!«
War das tatsächlich Ole, der da ihren Namen rief?
»Warte, Edith!«
Stinksauer fuhr sie herum und schrie: »Lass mich in Ruhe, du dämlicher ...«
Weiter kam sie nicht, weil sie in diesem Moment entdeckte, was Ole im Arm hielt. Es war winzig, hatte ein braunes Fell und ein lustiges

Stupsnäschen und fing plötzlich an zu bellen. Stupsi!

»Du hast ihn gefunden?«, fragte sie Ole erstaunt, als er bei ihr ankam.

Er nickte nur, legte ihr den Hund in die Arme und wollte sofort wieder verduften. Aber Edith hielt ihn am Ärmel fest.

»Das hast du super gemacht, Ole!«

»Hab ich nicht«, widersprach er verlegen und starrte dabei auf seine Turnschuhe.

»Wo hast du ihn denn entdeckt?«

»Im – äh – im Keller«, antwortete Ole. »Vom Leuchtturm.«

»Hä? Wie ist er da bloß hingekommen?«

Ole zuckte die Schultern. Doch dann wurde

er wieder überwältigt von einem Redeanfall, gegen den er offenbar nichts tun konnte.

»Ich bin ein Idiot!«, fing er an. »Ich hab Stupsi entführt, weil ... weil ...«

»Entführt?« Edith traute ihren Ohren kaum.

»Ich hab ihn mitgenommen, als er mir zwischen den Dünen zufällig über den Weg lief«, gestand Ole. »Herr Nordhus ging wohl gerade mit ihm spazieren. Jedenfalls hörte ich ihn nach Stupsi rufen. Ach, ich bin ein Idiot!«, wiederholte er, den Blick immer noch auf seine Turnschuhe gerichtet.

Edith fehlten die Worte.

»Ihr Mädchen interessiert euch alle nur für Julian«, fuhr Ole fort. »Mich beachtet ihr überhaupt nicht. Da hab ich mir gedacht, wenn Stupsi verschwindet und ich ihn wieder finde, dann ... dann bin ich irgendwie ...«

»Ein großer Held?«

»Ja, so ähnlich.«

»Und warum tust du jetzt nicht so, als hättest du Stupsi gefunden?«, wunderte sich Edith. »Wieso erzählst du mir stattdessen die Wahrheit?«

»Na ja, weil … weil du eben gesagt hast, dass … dass du mich magst.«

Aha, er hatte ihr Geflüster also doch verstanden! Schüchtern hob er seinen knallroten Kopf und sagte: »Aber jetzt magst du mich wohl nicht mehr, stimmt's?«

»Darauf kannst du Gift nehmen!«, fauchte Edith ihn an und marschierte davon.

10. Kapitel

Liebe Miriam!
Ist schon komisch: Erst lasse ich wochenlang nichts von mir hören, und jetzt kannst du alle paar Tage einen neuen Brief von mir lesen.
Leider muss ich dir mitteilen, dass wir uns in den Osterferien nicht sehen werden. Schuld daran sind meine Eltern. Helene und Clarissa bleiben ebenfalls hier. Schuld daran sind deren Eltern. Und Vivian hat sich entschlossen, ihre Tante nicht zu besuchen, weil Helene, Clarissa und ich auch nicht wegfahren. Mareike hätte die Ferien sowieso auf der Insel verbracht.
Meinen Eltern habe ich klipp und klar erklärt, dass ich sie nur dann sehen will, wenn wir zusammen in Urlaub fahren. Und stell dir vor: Gestern, also am ersten Ferientag, kreuzten sie tatsächlich auf Blinkeroog auf – begleitet

von Helenes Eltern und Clarissas Mutter, die dieselbe Fähre genommen hatten. Helenes Eltern waren ziemlich in Panik, weil sich ihre Tochter eine ganze Woche lang nicht bei ihnen gemeldet hatte. Clarissas Mutter war ebenfalls beunruhigt, weil Clarissa keine Lust mehr hat, von ihren Eltern als eine Art Hauptgewinn betrachtet zu werden. Sie will weder mit ihrem Vater nach Tokio noch mit ihrer Mutter nach Hawaii. Sie bleibt hier. Ihre Mutter auch. Eine Woche lang. Und dann kommt Clarissas Vater für eine Woche.

Meine Eltern haben mich gefragt, wo ich am liebsten die Ferien verbringen würde. Da hab ich gesagt: »Auf Blinkeroog!« Erst haben sie gestaunt. Dann haben sie ein Doppelzimmer im Hotel »Deichgraf« gebucht. Im Zimmer nebenan wohnen Helenes Eltern, die sich auch dazu entschlossen haben, in den Osterferien auf der Insel zu bleiben.

Warum ich mit meinen Eltern nicht lieber woanders hingefahren bin? Tja, dafür gibt's auch einen Grund. Er heißt Ole und ist – du wirst es nicht fassen – ein Junge!

Eigentlich wollte ich kein Wort mehr mit ihm reden, weil er was ganz Blödes angestellt hat. Aber dann hab ich mit meinem Opa darüber geredet, und der hat mir geraten, Ole zu verzeihen. Weil er einen Grund dafür hatte, dass er was ganz Blödes angestellt hat. Der Grund ist zwar mindestens genauso blöd wie das, was er angestellt hat, aber das ist egal. Behauptet Opa. Und dem widerspreche ich nie. Vor allem deshalb, weil er mich sowieso nicht versteht. Skelette haben keine Ohren. Und ehrlich gestanden, können sie auch nicht reden. Alles, was Opa mir gesagt hat, habe ich mir selbst ausgedacht.
Ole und ich treffen uns jeden Tag und machen die Insel unsicher. Manchmal zusammen mit seinem Freund Julian und meinen vier Freundinnen, aber meistens nur wir beide allein. Oder mit Stupsi, dem Hund von Herrn Nordhus, der übrigens was mit dem ganz Blöden zu tun hat, das Ole angestellt hat. Nein, nicht Herr Nordhus, sondern Stupsi. Aber das erzähle ich dir in meinem nächsten Brief.
Ich muss nämlich jetzt Schluss machen, weil ich

Ole gerade quer durch die Dünen auf unseren Turm zukommen sehe. Wir gehen mit meinen Eltern Kuchen essen. Schokoladentorte. Mit Sahne. Ole und mir ist es völlig wurst, dass wir nicht zu den dünnsten Kindern auf der Insel gehören, jawohl!
Nach den Ferien melde ich mich wieder. Großes Insulanerehrenwort!

Liebe Grüße von deiner Freundin
Edith

Florians
tollster Trick

Florian möchte gerne ein großer Zauberer werden, aber blöderweise gelingt ihm kein einziger Trick! Als er wieder einmal supergenervt ist von seiner Schwester, richtet er seinen Zauberstab auf sie - und plötzlich sitzt statt Julia ein Kaninchen auf dem Sofa! Das kann doch wohl nicht Julia sein ... oder doch?

Christian Bieniek
Total verzaubert
Mit Bildern von
Irmgard Paule
Band 80463

Schatzinsel

Ferien à la marinara

»In Neapel wäre das nicht passiert«, sagt Jojo bei jeder passenden Gelegenheit. Und die gibt's häufig, denn der Urlaub an der Nordsee hält eine Katastrophe nach der anderen bereit. Aber Mama wollte ja nicht nach Neapel, obwohl man dort ganz kostenlos und mückenfrei, dafür aber mit Waschmaschine hätte Urlaub machen können. Doch dann, als Jojo und Melly anfangen sich wohl zu fühlen, als auch Papa dem Urlaub Geschmack abgewinnt, da schlägt das Schicksal zu. Die nächste Pizza Napoli wird der ganzen Familie vermutlich besonders gut schmecken!

Sabine Ludwig
Viermal Pizza Napoli
Mit Bildern
von Edda Skibbe
Band 80384

Schatzinsel

fi 80384 / 1

Fünf für alle
Fälle!

Eine Bande gründen, ja, das ist genau das Richtige für Pipilotta, Gonzo, Marie, Porsche und Stummel! Denn auch wenn es mal Streit gibt oder das Liebeschaos ausbricht, die 5 Nervensägen halten zusammen wie Pech und Schwefel. Und zusammen haben sie nicht nur viel Spaß, sondern sie erleben auch so manches Abenteuer und lösen sogar einige knifflige Fälle!

Von den 5 Nervensägen gibt es noch mehr Bände in der Fischer Schatzinsel!

Elisabeth Zöller
Die 5 Nervensägen
Mit Bildern
von Ute Krause
Band 80400

Elisabeth Zöller
Die 5 Nervensägen schaffen das Chaos
Mit Bildern
von Ute Krause
Band 80409

Schatzinsel

Eins, zwei –
Hexerei!

Mascha Marabu ist eine Hexe, aber das weiß zum Glück keiner aus der Klasse. Nur Philip, und der ist Maschas bester Freund. Alles könnte so schön sein, wenn Maschas Furcht erregende Tante den beiden Freunden nicht immer wieder das Leben schwer machen würde. Aber Mascha weiß sich zu wehren – mit Witz, Cleverness und ein bisschen Hexerei!

Von Mascha Marabu gibt es noch mehr Abenteuer im Programm der Fischer Schatzinsel.

Ingrid Uebe
Mascha Marabu
Mit Bildern von
Stephan Baumann
Band 80379

Ingrid Uebe
**Mascha Marabu
und die verhexte
Lehrerin**
Mit Bildern von
Stephan Baumann
Band 80445

Schatzinsel